LES GRELOTS

DE

MOMUS

CONTES RIMÉS

PARIS

H. LADRECH & Cie, LIBRAIRES-ÉDITEURS

219, Rue Saint-Honoré

M DCCC LXXVI

AF385710

LES
GRELOTS DE MOMUS

Ye

15656

PARIS. — IMP. SERINGE FRÈRES, PLACE DU CAIRE, 2.

WILLIAM BOERNE

LES GRELOTS DE MOMUS

CONTES RIMÉS

PARIS

H. LADRECH & Cⁱᵉ, LIBRAIRES-ÉDITEURS

219, Rue Saint-Honoré

M D CCC LXXVI

BIBLIOTHÈQUE NATIONALE R.F. IMPRIMÉS

DÉPÔT LÉGAL

I

A MOMUS

Pardonne, ô Dieu Momus ! à mon audace extrême,
Mais ta muse jadis avait horreur des sots,
Et je viens, aujourd'hui, te conjurer moi-même,
De vouloir un instant me prêter tes grelots.

Qui s'avisa parfois de prendre pour emblème
Ta marotte et ton masque, a vu de lourds pavots
S'échapper pesamment d'un soi-disant poëme,
Au lieu de sel attique émaillé de bons mots.

Est-ce là, Dieu Momus, le destin que réserve
Ton esprit en courroux aux efforts de ma verve ?
Réponds, fils du Sommeil, réponds, fils de la Nuit ;

Quel oracle rendra ta bouche grimacière ?
Ce livre fera-t-il, ô Momus ! quelque bruit,
Doit-il être oublié sous des flot de poussière ?

II

PLUS FORT !

———

« Tiens, croirais-tu, mon fils, que chez nous, à Marseille,
Le sol est si fécond, qu'on le voit, c'est merveille,
 Du télégraphe — allonger les poteaux !
 — Près de Cahors, les champs sont bien plus beaux,
Répartit un Gascon de sa voix dédaigneuse ;
 N'avez-vous pas entendu raconter

Que, certain soir, j'avais, moi, fait planter
Les bois du télégraphe en une terre affreuse?
Et que, dès le matin, on remarquait, mon cher,
Que sur tous les poteaux poussaient des fils de fer! »

III

LA CONSULTATION

———

Molière a souvent écrit
   Qu'un vieillard est fort peu sage,
   Quand, pour repeupler son lit,
   Il se marie à son âge.

Or, justement, je connais un vieux fou,
Laid comme un singe et bête comme un chou,

Qui, très-épris d'une donzelle,
Songeait à l'honorer en lui donnant son nom.
Mais avant d'attacher ce périlleux chaînon,
Il tremble, et son amour chancelle.....
Bref, pour être sûr de son fait,
Le céladon consulte un empirique
Et l'interroge en grand secret.
On lui répond (lecteur c'est historique) ·
« Monsieur, vers quarante ans,
L'homme a de beaux enfans ;
A cinquante, il en fait encore ;
Après, ça peut se voir, mais par un accident
Que pour le mari je déplore.
Vous êtes amoureux, c'est-à-dire imprudent,
Quel âge avez-vous? — J'ai soixante et dix.
— Tudieu ! Mais la future, est-elle jeune ou vieille ?
— Dix-huit printemps ! C'est une perle, un lys !
— Et vous venez à moi pour que je vous conseille !
Je n'ai, mon cher monsieur, qu'à vous féliciter :
Vous aurez des enfants, gardez-vous d'en douter ! »

———

IV

TRIOLETS

———

Car j'avais dix-huit ans à peine
Lorsqu'elle habitait le château.
Pour moi vous pensez, quelle aubaine !
Car j'avais dix-huit ans à peine.
Ses yeux, aux reflets noirs d'ébène,
De l'amour semblaient le flambeau

Car j'avais dix-huit ans à peine
Lorsqu'elle habitait le château.

Sa voix était toujours si tendre,
Qu'on eût dit un gazouillement.
Même aujourd'hui je crois l'entendre,
Sa voix était toujours si tendre !
Et puis quand un jour, las d'attendre
J'allais lui peindre mon tourment,
Sa voix était toujours si tendre,
Qu'on eût dit un gazouillement.

« Vous n'avez donc rien à me dire,
Fit-elle un jour d'un air sournois ?
J'entends que votre cœur soupire,
Vous n'avez donc rien à me dire ? »
Et moi, je souffrais le martyre,
Et de stupeur, restai sans voix.
« Vous n'avez donc rien à me dire,
Fit-elle un jour d'un air sournois ? »

Voyez d'ici la triste tête
Que je faisais en cet instant,
Je dus lui paraître fort bête,
Voyez d'ici la triste tête

Elle me dit : « grand malhonnête »
Et disparut tout en chantant.
Voyez d'ici la triste tête
Que je faisais en cet instant.

L'occasion qui vous échappe
Ne se retrouve plus jamais.
Non ! Jamais plus on ne rattrape
L'occasion qui vous échappe.
Car, — et c'est là ce qui me frappe, —
Je sens qu'elle aurait bien pu — mais
L'occasion qui vous échappe
Ne se retrouve plus jamais.

V

LA BALEINE

———

Or, Cabasson, fatigué de Marseille,
Voulut, un jour, vider une bouteille
Chez un ami, fermier des environs,
Fort renommé parmi les vignerons.

Un beau matin il se mit donc en route,
Et s'occupait en cassant une croûte,

Quand apparut, au tournant du chemin,
Mons Larfaillot, qui lui tendit la main.

« Té ! Larfaillot, où vas-tu donc, ma vieille ?
Ah ! je comprends, tu cours voir la merveille
Qui, depuis hier, nous cause tant d'émoi,
Qu'en y pensant, je tremble encor, ma foi !

« — Pécairé ! quel est ce grand mystère ?
J'en grille déjà ; dis vite, ô compère !
— Eh bien ! pichou, par un vrai coup du sort,
Une baleine — a coulé dans le port !

« — Ah ! troun de l'air ! laisse-moi que j'y vole !
Dit Larfaillot, que la nouvelle affole. »
Puis il s'élance et — s'aperçoit trop tard
Que la baleine est un affreux canard.

« Eh donc ! fit-il, je ne suis qu'une bête. »
Un ami passe. Aussitôt il l'arrête,
Et le prévient qu'un immense animal
Ferme le port, tant il est colossal !

Et Cabasson, lorsqu'il revint le soir,
Le cerveau plein des vapeurs du pressoir,

Resta très-surpris de voir, dès l'abord,
Des gens effarés courir vers le port.....

« Holà! Cabasson, sais-tu la nouvelle ?
Dit un ami, que sa queue est donc belle !
— Mais qu'est-ce encore ? — Une grosse baleine
Que cent chevaux ne remuent qu'avec peine ! »

Et Cabasson, se rappelant son dire,
Laisse échapper un grand éclat de rire :
« Ah! les crétins! fit-il, c'est Larfaillot
Qui leur a tous attaché le grelot!

« Seigneur, mon Dieu, que le peuple est donc bête!.....
Mais, pensa-t-il, en se grattant la tête,
Si j'avais dit vrai sans en rien savoir !.....
Ce serait drôle!..... » Et notre homme alla voir !

VI

UNE PROFESSION DE FOI

———

Mes chers concitoyens,
Je viens une autre fois réclamer les suffrages
Dont sauront disposer tous les vrais plébéiens.
Mes titres, les voici : j'ai subi les outrages
D'un régime odieux, qui, pour quelques complots,
Me plongea tout vivant dans d'humides cachots.
Ce que je souffris là, nul ne saurait le dire ;

Sur mon front vous voyez la palme du martyre !
A Sainte-Pélagie, on m'enferma trois jours ,
Ça ne vaut-il pas mieux que les plus beaux discours ?
Mais voici le bouquet, je reçus sur la crête,
En défendant le peuple, un coup de casse-tête.
Je crois, mes chers amis, sans être suffisant,
Qu'on ne saurait trouver un esprit mieux pensant !
Fidèle à mon mandat, je l'accepte d'avance ;
Impératif ou non, j'en jure l'observance
Et demande d'abord, quel que soit le sujet,
Qu'on s'occupe — avant tout — de revoir le budget.....
Nous changerons tout ça : le pauvre prolétaire
Ne paîra plus d'impôts comme un propriétaire !
. . . .
Le rival qu'on m'oppose est à son coup d'essai ;
Ma maison, citoyens, n'est pas au coin du quai !
Depuis déjà longtemps, ô bon peuple, on te leurre !
Bientôt viendra ton tour d'avoir l'assiette au beurre !
Supprimons la police et surtout les soldats !
Ils sont trop dangereux ; et quant aux avocats,
Ces éternels bavards, qu'à tort le monde admire
Lorsqu'ils savent parler sans avoir rien à dire,
Pour nous en dépêtrer, créons les généraux
Quand on rétablira les gardes nationaux !
Dans la nouvelle armée à tous il faut des grades ;
(La botte et les galons font bien lors des parades)

Et je rappellerai les frères, les amis
Que dévorent — là-bas — moustiques et fourmis.....
Je ne vous parle point : liberté de la presse,
Commune, autonomie, ou de lois sur l'ivresse ;
Ce sont menus détails. Restent les calotins !
Je m'en chargerai seul — si je sors des scrutins.
N'hésitez plus alors, malgré la calomnie
Des suppôts d'un rival ou de la tyrannie,
A m'accorder vos voix. Partisans du progrès !
Votez pour moi — sinon — vous le regretterez !

VII

MON VIEUX TRISTAN

Moi, je ne suis qu'un pauvre diable
Dont le commerce est l'orviétan,
Mais j'ai pour ami véritable
Un chien, plus fier qu'un capitan :
    Mon vieux Tristan.

C'est un gaillard très-irritable.

Lorsqu'on m'appelle charlatan,
Il montre son croc redoutable,
Un croc de fer et de Titan,
    Mon vieux Tristan.

Oh! que je serais misérable
Sans toi, fidèle courtisan;
Ami vraiment incomparable,
Tu partages mon lourd carcan,
    Mon vieux Tristan.

Des flots, un jour, jour mémorable,
Tu délivras un pauvre enfant;
Alors une femme adorable
Baisa ton museau triomphant,
    Mon vieux Tristan.

Quand viendra l'heure inévitable
De comparoir devant Satan,
En ce monde peu charitable
Qui songe encore au charlatan?
    Mon vieux Tristan.

VIII

LE RÊVE D'UN ÉPICIER

———

Epoux depuis deux ans, Brichon se désolait
D'avoir pris pour conjointe une femme impuissante,
Quand celle-ci lui dit, un jour qu'il grommelait,
Que, grâce à lui, sa taille était intéressante.
Vous pensez quelle joie; on peut être épicier
Et faire des enfants; jusqu'ici rien n'étonne :
Mais monter un dada, pis encore, un coursier,

Et rêver que son fils portera la couronne,
Est chose moins commune, et cependant Brichon
Lisait dans l'avenir comme dans son grand livre.
Il était donc très-gai, je dirais folichon,
Voyait le monde en rose et trouvait bon de vivre,
Tandis qu'à son côté, parmi d'affreux tourments,
Sa femme supportait la terrible souffrance
Qui fait qu'en pareil cas, vers les derniers moments,
On appelle, à grands cris, l'heureuse délivrance.
Or, Brichon ruminait : « Dès qu'il pourra parler,
Sans tarder un instant, je le mets au collége ;
Il faut que dans cinq ans, il sache calculer,
Et des auteurs latins tout l'ennuyeux cortége.
Il ne me convient pas que mon enfant chéri,
Qui sera beau, bien fait et garçon de cervelle,
Agisse en boutiquier ; je serais très-marri
De voir mon rejeton peser de la canelle,
Vendre du sucre en poudre ou bien du chocolat ;
J'en veux faire un grand homme, et ce sera facile :
Il suffit pour cela qu'il devienne avocat.
Le voici dominant l'auditoire docile,
Fier et pourtant modeste au milieu des bravos
Soulevés au palais par sa noble éloquence.....
Sitôt que dans la presse on produira ses mots,
J'achète quelque part une terre, — en Provence,
Où nous pourrons penser à son élection.

Le succès est certain avec un pareil homme ;
S'il sait tirer parti de sa position,
(En supposant toujours que le peuple le nomme),
Il sera bombardé secrétaire d'État ;
Pour un fils d'épicier c'est un beau résultat !
Je lirai l'*Officiel* chaque fois qu'on insère
Les discours émouvants que devra prononcer
« *Notre illustre orateur, Brichon (de la Lozère).* »
Le cabinet s'écroule, il faut le remplacer :
La Chambre songe alors..... « — Ah ! monsieur, venez vite,
S'écrie un domestique en haut de l'escalier. »
Brusquement réveillé, le bonhomme s'irrite ;
De son fils il faisait un archichancelier,
Auquel offrait sa main une aimable princesse !
« Qu'y a-t-il, sapristi ? — Dieu ! qu'elle est donc gentille !
— Elle ! qui ça ? dit-il, secouant son ivresse.
— Madame est enfin mère, et même — d'une fille !
— Cassonade et pruneaux ! c'est un coup d'abattoir,
Gémit le pauvre diablé, et, pendant qu'il s'habille,
Je l'emploierai, fit-il, à tenir mon comptoir. »

IX

L'AMATEUR DE FROMAGES

———

Certain touriste anglais, fraîchement débarqué,
Regardant, par hasard, dans une crèmerie,
Se mit à contempler, d'un air interloqué,
Le Gervais, le Limbourg, le Camembert, le Brie.
Après réflexion, cet insulaire entra
Et demande à choisir un excellent fromage,
Quelque chose, en un mot, pour qu'il se dédommage

Du Chester, jusqu'alors son *nec LE plus ultra*.
On lui présente un Brie : Aoh ! il est trop fade ;
Comment appelez-vous, celui-là, qui gambade ?
— Un Roquefort, monsieur. — Ah ! qu'il sentait donc bon! »
Et cachant ce produit dans son gousset profond,
Il paye, et sort de chez le débitant de beurre.

La raison du plus fort est toujours la meilleure.

X

A JULES VERNE

—————

Qui te donna, mortel audacieux,
Le droit de parcourir et le monde et les cieux ?
   Sans peur tu scrutas la vague insondable
   Et notre globe en ses replis profonds.
   A franchir toujours les flots et les monts,
Passant de la chaleur à l'hiver formidable,

On se demande, à tes pas vagabonds :
Quel astre nouveau devient abordable ?

Pour ton début, et malgré l'aquilon,
Tu traversas l'Afrique à l'aide d'un ballon.
Moi, simple lecteur, oubliant mon rôle,
Je me surpris à pousser des hourras,
Quand cet Anglais, l'intrépide *Hatteras*,
Planta son étendard sur le volcan du pôle.
Tu le rends fou ! que nous sommes ingrats,
Car tu lui dois un fameux coup d'épaule.

De *Philéas Fogg* je tins le pari,
Le suivant, pas à pas, jusqu'à Pondichéry ;
On veut l'arrêter : il se précipite..........
Autour du monde, en quatre fois vingt jours.
Fogg, on le sait, sort vainqueur du parcours.
Illustre Philéas ! j'admire ton mérite ;
Mais à quoi bon voyager au long cours,
Si ton auteur seulement en profite ?

Avec Nemo, tu vis le fond des mers,
Mais ton orgueil voulait planer sur l'univers.
Du *Gun-Club* sortit un canon immense,
Qui, dans la lune, envoyait son boulet,
Un vrai boudoir, un logement complet,
Où trois hommes savants, quoique atteints de démence,

Avaient conçu le terrible projet
De mettre la lune en notre puissance.

Des *Enfants de Grant*, de l'île Tabor,
Tu passas au radeau du pauvre *Chancellor* :
Nous n'y mangions que de la chair humaine.....
Avec le temps on s'y fait, — c'est certain,
Vous en mangeriez si vous aviez faim......
L'*Ile Mystérieuse* est l'île phénomène
Dont maître Smith se crut le souverain
Jusqu'à l'instant où sauta son domaine.

Tel est, je crois, le dernier que tu fis.
Sur ton œuvre admirable il n'est qu'un seul avis :
C'est que ton zèle et ton expérience,
Aux petits et aux grands, ont versé la science.
Même un calcul, tout paraît séduisant,
De qui prend pour devise : *Instruire en amusant*.

XI

LA CHASSE INFERNALE
(Imité de l'Allemand)

Chaque année on entend, à l'heure de minuit,
Dans la forêt du Hartz un effroyable bruit.
L'enfant pleure et frémit, d'une main machinale,
La mère, en tressaillant, fait un signe de croix :
« Oh ! tais-toi, cher petit, car Satan, dans les bois,
    Suit la chasse infernale.

Sous le chaume, à voix basse, et quand il est grand jour,
On dit qu'au temps jadis ,dans ce riche séjour
Vivait un noble comte. Il aimait avec rage
La chasse et ses plaisirs ; or ne croyant à rien,
Penchant plus vers le mal que porté vers le bien,
       Tout lui donnait ombrage.

Un dimanche matin, sans craindre le Seigneur,
Il montait à cheval suivi de son veneur,
De ses nombreux valets et de la meute entière ;
La forêt résonnait sous les abois des chiens,
Tandis que la chapelle invitait les chrétiens
       A prier sur la pierre.

Et la trompe lançait des sons pleins et joyeux,
Qui se répercutaient dans ces bois giboyeux.....
En se tournant, soudain, le chasseur tyranique
Vit surgir à sa droite un jeune cavalier;
Sur son buste flottait, caprice singulier,
       Une blanche tunique.

« Arrête ! Monseigneur, et songe à ton salut !
Ce jour est trois fois saint ! » Ayant dit, il se tut.
Et le front du chasseur se voila d'un nuage :
« Mieux vaudrait, pensait-il, retourner au manoir, »

Quand parut à sa gauche un chevalier tout noir,
  Mais plus noir qu'un présage.

« Allons, noble chasseur, laisse là les sermons ;
Tayaut ! tayaut ! toujours, par les vaux, par les monts ! »
Le comte est chancelant, lorsqu'un beau cerf s'élance :
« En chasse ! tout le monde, en chasse ! en chasse encor !
Hurle-t-il d'une voix qui sonne comme un cor
  Au milieu du silence. »

Plein d'une folle ardeur il se jette en avant
Et presse son coursier qui lutte avec le vent.
De son cœur endurci terrassant les révoltes,
Il galoppe à travers les sillons et les blés
Où les sabots poudreux des chevaux endiablés
  Détruisaient les récoltes.

Et bientôt, devant lui, le pauvre laboureur
Tomba sur ses genoux, frissonnant de terreur :
« Messire, gémit-il, je n'ai qu'un champ pour vivre ;
De grâce, ayez pitié, ne le ravagez pas. »
Et cet infortuné murmurait, mais tout bas :
  « Que le ciel me délivre ! »

« Arrête ! Monseigneur, et songe à ton salut,
Dit le chevalier blanc qui sitôt accourut, »

Et le comte hésitait, touché par la prière.
— « Tayaut ! tayaut ! toujours, par les vaux, par les monts !
Vas-tu donc t'attendrir, cinq cent mille démons !
        Que nous fait la clairière ! »

Le perfide conseil de ce cavalier noir
Plongea le laboureur dans l'amer désespoir ;
Son champ fut dévasté jusqu'au dernier brin d'herbe,
Et le cruel seigneur, pour combler ses exploits,
Se jette à fond de train, contre toutes les lois,
        Sur un troupeau superbe.

« Faites place, marauds, cria-t-il aux bergers
Des bœufs et des moutons qui courent les vergers !
— Seigneur, répondit-on, c'est toute la richesse
D'un malheureux village. Pour nous soyez clément ;
Un noble châtelain ne voudrait violemment
        Causer notre détresse. »

« Par la mort-dieu, païens, c'est déjà trop souffrir
D'audacieux discours, et vous allez mourir ! »
Le comte, ayant parlé, sur eux se précipite,
Et son glaive d'acier reparut tout sanglant.
Puis l'écho répéta le râle désolant
        Des bœufs qu'on décapite.

Et le comte partit avec plus de fureur,
Semant sur son chemin la honte et la terreur.
Il avait l'œil en feu, de l'écume à la bouche.....
Le cerf courait toujours, et, sans se fatiguer,
Mû par l'Être divin, de loin semblait narguer
        Cette chasse farouche

« Cerf! je te traquerai dans tes moindres réduits
Si je dois y passer et les jours et les nuits.
Le monde me verra dévorant ses contrées
Malgré le froid, malgré la faim, malgré l'autan,
Malgré Dieu, s'il le faut, et malgré toi, Satan,
        Dit-il les dents serrées. »

Et la bête arriva chez un bon cordelier,
Vénérable vieillard, pieux et hospitalier :
« Moine! appela le comte avec sa voix hautaine,
Le cerf que je poursuis a pénétré chez toi ;
Livre-le sans tarder, car trop longue est, ma foi,
        Cette course lointaine.

— Comte, pourquoi veux-tu la mort de l'animal?
Il est presque mourant, l'achever serait mal ;
Fais grace à l'innocent, c'est moi qui t'en supplie. »
Ainsi parla le saint, mais le comte était sourd :

Ses yeux roulaient du sang ; d'un geste il coupa court
    A la triste homélie.

« Tu braves ma colère, ah ! prends garde, vieux fou !
Encore une parole et je te romps le cou,
Rugit le forcené dans un affreux délire.
— Pour la dernière fois, prépare ton salut ;
Dit le blanc cavalier, car depuis le début
    Du Seigneur je m'inspire.

— Allons, noble chasseur, laisse là les sermons,
Tayaut ! tayaut ! toujours, par les vaux, par les monts !
Pour la dernière fois, fit le cavalier sombre. »
Et brandissant le fer sur l'honnête vieillard
Le comte allait frapper, lorsqu'un épais brouillard
    Le couvrit de son ombre.....

Quand il reprit ses sens, le comte était tout seul
Entouré par la nuit dont le triste linceul
S'éclairait, par instants, des éclairs de la foudre.
Et le vent qui courbait la cîme des bouleaux,
Figurait dans les cieux de sinistres tableaux
    Qui semblaient se dissoudre.

Tout à coup, par miracle, au désordre bruyant
Succéda le silence, — un silence effrayant.

De la nue assombrie, une voix formidable,
Pareille au glas de mort que sonne le beffroi,
Vient apporter enfin le remords et l'effroi
    Au chasseur indomptable.

— « Cœur impie et félon, pour toujours, l'Eternel
Te condamne à t'enfuir comme un vil criminel;
Les esprits infernaux seront à ta poursuite,
Et jusqu'au repentir tu courras l'univers,
Car dans ces mêmes lieux, homme ingrat et pervers,
    Va commencer ta fuite. »

Et le comte, éperdu, sent qu'une grande main
Lui retourne le cou d'un effort surhumain.
Il se voit pourchassé par un hideux mirage
De gnômes menaçants qu'ont vomis les enfers,
Et de spectres blafards qui tournoient dans les airs
    Avec des cris de rage.

« Tayaut! tayaut! toujours, par les vaux, par les monts!
Fantômes et lutins, farfadets et démons! »
Le comte y reconnut le rire sardonique
De son noir compagnon. Il s'enfuit, et, dès lors,
Se sauve constamment, poursuivi par les morts
    De l'esprit satanique.

C'est pourquoi l'on entend, à l'heure de minuit,
Dans la forêt du Hartz, un effroyable bruit.
L'enfant pleure et frémit ; d'une main machinale,
La mère, en tressaillant, fait un signe de croix.
« Oh! tais-toi, cher petit, car Satan, dans les bois,
  Suit la chasse infernale. »

XII

NOIRE ET BLANC

« Viens ici, belle enfant,
Afin que je te donne
Un baiser triomphant.

« Allons, noire madone,
Ne te fais pas prier,
A mon désir pardonne.

« Approche sans crier,
N'ai–je point la peau blanche,
Et suis–je un négrier ?

« Retroussé un peu ta manche
Que j'admire ce bras ;
J'adore cette hanche

« Et ce mollet si gras,
Ta peau, noire d'ébène,
Et jusqu'à ton madras.

« Je veux, belle Africaine,
Voir tes cheveux crépus,
Plus crépus que la laine.

« Enfant, point de refus :
Pour ton amour je paie
Quatre–vingt dix écus.

« Eh quoi ! point de monnaie !
Que te faut-il, voyons,
Ta vanité m'effraie ?

« Je ne suis pas en fonds,
Mais ton œil étincelle
D'un millier de rayons.

« Si ton âme recelle,
Au lieu d'un sentiment,
Une vile escarcelle,

« Dis-le donc hardiment :
As-tu vu dans un rêve
Quelque beau parement?

« Parles enfin, fille d'Eve,
Comment t'appelles-tu,
Cécile ou Geneviève ?

« La solide vertu
Qui te rend si cruelle
Ne m'a point abattu.

« Ton nom, ma tourterelle ?
— J'ai pour nom Maria,
Et désire une ombrelle

« Couleur de sépia
Puis une grosse écuelle
Pleine de tafia. »

XIII

UNE TRAVERSÉE

———

I

Ce fut au mois de juin, l'année importe peu,
Que je bouclai mon sac pour la Terre de Feu,
Pour la Californie ou pour la Cochinchine,
A me le rappeler, vainement je m'échine.
Mais ceci n'y fait rien. Du quai de Liverpool,
Qui mène également au pôle ou vers Stamboul,

Ma valise à la main, l'âme mélancolique,
Le vaisseau me parut un engin diabolique.
Il faisait presque nuit et l'horrible brouillard
Donnait au bâtiment l'aspect d'un corbillard.

II

Et je m'embarque enfin, suivi du commissaire,
Ainsi qu'un policier pourrait suivre un faussaire.....
Après force détours dans de sombres couloirs,
Il me montre un réduit où je vois deux tiroirs :
« Ce sont les lits, dit-il; vous y serez malade,
Car la houle mugit en dehors de la rade.
Il faut donc, cher monsieur, pour prévenir le cas
D'un accident certain, choisir le lit du bas.
Ne vous occupez pas du second locataire ;
A ce terrible mal c'est le seul réfractaire.

III

— Que la peste t'étouffe ! affreux pronostiqueur,
Pensai-je exaspéré ; je suis plein de vigueur
Et ne souffrirai pas qu'un croquant de ta sorte
Me vienne conseiller, — ou le diable m'emporte ! »
Mais bientôt une odeur particulière au bord,
Mélange d'huile rance et de goudron du Nord,
Arrêta brusquement tous mes frais d'éloquence.
Je cessai de songer avec cette arrogance

Et courus sur le pont — ingurgiter de l'air.
Si notre esprit est fort, que faible est notre chair ?

IV

Puis, me remémorant les fatales promesses,
Je circulai, fébril, parmi d'énormes caisses,
Colis des voyageurs qui venaient d'embarquer.
A les entendre tous, ils disaient se moquer
Des effets laxatifs résultant du tangage ;
Il leur fallut, hélas ! parler l'autre langage,
Langage guttural dépourvu de grammaire,
Qui déjà se parlait au temps du grec Homère.:...
Et même de nos jours, Français, Anglo-Saxons,
S'en servent volontiers pour charmer les poissons.

V

Lecteur, j'hésite encor; — que Pindare m'inspire !
Comment vous raconter ce qui me reste à dire !
Faut-il donc essayer, eu choisissant mes mots,
De dépeindre le mal commun aux paquebots ?
Vous l'exigez? tant pis..... Une noire fumée
S'éleva, lentement, dans la nuit embrumée.. ..
Quelques coups de sifflet annonçaient le dépar‘,
Il pleuvait à torrents. Nous étions en retard ;
Mais l'hélice en trois tours rétablit la distance.
Et du monde connu j'oubliai l'existence.

VI

Légèrement troublé, j'allais quitter le pont,
Quand un peu de sueur me vint mouiller le front ;
Symptôme précurseur, auquel le philosophe
Devrait se préparer avant la catastrophe.
Je n'en pouvais douter, car un froid glacial
Envahit tout mon corps. Je pris un cordial
Dont l'effet restaurant, sans plus de bavardage,
M'envoya réfléchir par-dessus le bordage.....
C'est assez indiquer (pas de points sur les i !)
Qu'ayant capitulé, mon cœur m'avait trahi.

VII

La suite, cher lecteur, aisément se devine :
Lorsque j'ouvris les yeux, j'étais dans ma cabine.....
La nuit qui s'y passa fut une éternité
De souffrance inouïe et de tasses de thé.
Chaque cadre rendait — des plaintes déchirantes :
Les Anglaises, surtout, étaient les plus navrantes ;
Usant de procédés, afin de s'étourdir,
Leur bouche gémissait les mots : *o dear, o dear !*
Et par les corridors, pends-toi, bon Jérémie,
Sonnaient les *Caramba ! mein Gott ! o save me !*

VIII

Un cauchemar hideux obombrait les garçons
Portant sur des plateaux de mauvaises boissons.

La douteuse lueur que répandait la lampe
Éclairait ce tableau comme une grande estampe.
Puis, toujours ballotté dans mon lit trop étroit,
Frissonnant sous la laine ainsi que par le froid,
Je parvins à dompter le hoquet énergique
Et m'endormis bientôt d'un sommeil léthargique.
A l'horizon rosé, voici le jour qui poind ;
Au lieu de le bénir, je lui montrai le poing.

IX

Que conterai-je encor ? C'est l'éternelle histoire
Du jeune voyageur, victime expiatoire
De la mer en courroux, qui, pour chaque début,
Réclame au néophyte un écœurant tribut.
Je vous ai dit, ma foi, la vérité scabreuse.
Or, la mieux expliquer la rendrait dangereuse
Pour l'esprit sensitif, le gourmet délicat,
Qui prétend que manger vaut un pontificat.
Je ne veux point troubler sa stomachique extase
Et ne parlerai plus que sous des flots de gaze.

X

Monsieur, tant bien que mal, et plutôt mal que bien,
Je me trouvai sur pied ; comment ? — je n'en sais rien ;
Et m'aperçus avec une extrême surprise
Que, depuis quelque temps, l'autre couche était prise.

Ce second passager ronflait terriblement ;
C'était même, je crois, le seul du bâtiment.....
Néanmoins le roulis, purgatif effroyable,
Faisait de ma toilette une tache incroyable :
En tombant, je vidai sur le bruyant museau
Du dormeur, mon voisin, tout un grand pot-à-eau.

XI

Neuf heures ont sonné. J'entends déjà la cloche
Qui vient nous avertir qu'on prépare la broche,
Mais, malgré cet appel, je ne vois pas un chat
Dans la salle à manger ; — on est hors de combat,
Car la lutte nocturne était une bataille,
Un immense revers, — un revers de médaille.
Comprenez-vous, alors, qu'en ces conditions,
Pas un ne recherchât d'autres munitions ?
Quant à moi, je le dis, le parfum des violettes
Primait, en ce moment, l'odeur des côtelettes.

XII

Si vous ne savez point que les bateaux anglais,
A chacun des repas, ne vous servent jamais
Que des coqs de combat ou des pilons de dinde,
Saupoudrés de cayenne et de curry de l'Inde,
Que du riz presque cru, coloré de safran
Importé des pays où se lit le Coran,

Qu'une sauce effrayante et sauce des plus âpres,
Sur laquelle j'ai vu se promener des câpres,
Mélange abominable, entourant du mouton
Qu'il faut pour avaler n'être qu'un vrai glouton,

XIII

Nunc erudimini. Seulement, le dimanche
(Merci, mon Dieu, merci), les marins d'outre-Manche
Offrent aux passagers un peu de vin mousseux
Que fabrique le chef avec ses doigts crasseux.
Et, brochant sur le tout, monstrueuse ripaille,
Un arlequin au poivre appelé *beefsteak pie* *.
C'est un piêtre menu qu'il serait par trop sot
De comparer à ceux de Vachette ou Foyot.
Cependant, tel qu'il est, on le mange, et pour cause :
Qui resterait vingt jours sans prendre quelque chose ?

XIV

Heureusement, très-cher, que le temps devint beau,
Mais nous avions bien l'air de sortir du tombeau ;
Combien d'yeux fatigués, que de mines pâlies,
Ainsi qu'au lendemain d'une nuit de folies !
Adieux les faux chignons, les senteurs et le fard,
La coquette est vaincue et son teint est blafard :

* Se prononce *Paille.*

Ses cheveux dénoués flottent sur ses épaules;
Qu'en de pareils moments, les gens vous semblent drôles !
L'homme qui pose ailleurs en superbe gandin,
A bord, ne passe plus pour un pur muscadin.

XV

Donc, le ciel étant bleu, la mer était tranquille ;
La brise était légère et la vague était d'huile.
On put enfin s'asseoir, quoiqu'un faible remous
Nous renversât souvent les plats sur les genoux.
C'est un rude travail, parfois insurmontable
Quand le roulis survient, que de manger à table :
Il ne faut pas que l'œil s'écarte du plateau,
Et la main doit toujours retenir son couteau ;
Sans quoi vous risquez fort, à la moindre secousse,
De n'avoir pour couvert que les doigts et le pouce.

XVI

Vous êtes maintenant aussi savant que moi
Sur le détail complet de ces heures d'émoi ;
Et nous allons, dès lors, faire la connaissance
De plusieurs passagers dont j'ai réminiscence :
Se présente, en premier, mon compagnon de lit,
Hidalgo basané visant au bel esprit,
Mais passablement sale en toute sa personne ;
A vous parler très-net, vraiment, je le soupçonne

D'avoir quelque matin, entre autres incidents,
Achevé sa toilette avec ma brosse à dents.

XVII

La cabine d'en face avait reçu deux prêtres,
Tous deux frais émoulus des paroisses champêtres,
Mangeant le vendredi, sans aucun embarras,
Puisque de ce jour maigre ils faisaient un jour gras.
L'un paraissait trop jeune et l'autre était trop vieux ;
L'un venait de Fécamp, l'autre habitait Bayeux.
Ce qu'ils cherchaient, là—bas, fut toujours un mystère,
Mais ils pleuraient déjà leur humble presbytère ;
Car malgré la soutane on n'a pas moins un cœur,
Et la mer est pour tous d'une égale rigueur.

XVIII

Don Pablo y Vargas, Américain farouche,
Muet comme un poisson, n'ouvrait jamais la bouche.
Que pour boire et manger. Il était veuf d'un œil ;
Quant au second orbite, étincelant d'orgueil,
Il reluisait plus vif que le regard d'un fauve.
Sa moustache était grise et son crâne était chauve ;
Malgré tout, cependant, le sombre cavalier
N'avait rien de saillant ou de particulier,
J'appris, sous le manteau, qu'il convoitait la place
De certain président réputé fort rapace.

XIX

L'Américain du Sud, naturel destructif,
N'a pour ses gouvernants qu'un amour relatif;
Il vous met à l'index, comme un vrai phénomène,
Celui des chefs d'Etat qui dure une semaine !
Or, l'un des présidents ayant vécu huit jours,
Don Pablo s'aperçut qu'il devait son concours
Au pays opprimé par ce cruel despote.
Il rentrait donc chez lui, tandis que l'on complote
De couper le gosier à l'infâme oppresseur;
Et Pablo pensait bien être son successeur..........

XX

Deux ou trois mois plus tard, Vargas, le trouble-fête,
Essuyait tristement une immense défaite.
Par le nombre écrasé, Vargas s'était rendu.....
Je ne vous dirai pas comment il fut pendu.
Dans la zône torride, on conserve l'usage
D'accrocher les vaincus, — précaution très-sage ;
D'autant mieux que — là-bas — c'est à chacun son tour
De servir de régal aux corbeaux d'alentour.
Pleurons sur ce héros ! — Son existence est close
En pleine efflorescence, et — parlons d'autre chose,

XXI

Parmi les voyageurs fumait un gros gaillard,
Dont la barbiche en pointe et l'accent nasillard

Trahissaient, à vingt pas, l'origine yankee.
Culottant la semaine un houka de Turquie,
Il chiquait le dimanche un suron de tabac ;
Oncques n'ai rencontré de meilleur estomac.
C'était un chercheur d'or. Il affrontait Neptune
Pour tenter derechef l'inconstante fortune,
Et faisait preuve au jeu d'un bonheur insolent :
Bizeauter avec grâce exige du talent !

XXII

Je ne comptais à bord qu'un seul compatriote
Répondant au doux nom de Gasparin Mariotte,
Ex-premier violon de quelque casino,
Devenu, par besoin, professeur de piano.
Le malheureux garçon me donnait de la peine.
Un soir, il confessa, les yeux brillants de haine,
Que sa bourse était maigre et puis que son projet
Etait, en émigrant, de courir le cachet.
Ah ! que j'applaudirais les courageux légistes
Qui voudraient déporter, ainsi, tous les pianistes !

XXIII

Le sexe faible et beau que monsieur Legouvé
A défendu jadis en un style élevé,
N'était représenté que par dix-sept Anglaises,
Dix-sept sœurs, paraît-il, occupant dix-sept chaises,

Le sexe, en général, facilement pardonne
A l'infidèle amant, qui, le jour, l'abandonne
Et revient, chaque nuit, malgré tous ses efforts
Pour rompre d'un seul coup. — Ça s'est vu, mais, par contre,
Qu'une femme en fureur convienne de ses torts,
        Jamais ne se rencontre

On peut, par aventure, être vraiment malade
Et guérir en buvant un doigt de limonade :
La nature préside à notre guérison
Sans casse ni séné. — Ça s'est vu, mais, par contre,
Le docteur qui n'a pas mérité la prison
        Jamais ne se rencontre.

Lorsqu'il pleut à torrents, qu'on soit bourgeois ou diacre,
Le premier mouvement est de chercher un fiacre
Attelé d'un cheval que l'âge a ramolli ;
Il s'en trouve parfois ; ça s'est vu, mais, par contre,
Tomber sur un cocher complaisant et poli
        Jamais ne se rencontre.

Le théâtre, à Paris, fait, l'hiver salle comble
Des fauteuils en velours aux simples bancs du comble.
Quelques bouis-bouis, jaloux du décorum,
Ont eu jusqu'à vingt francs! Ça s'est vu, mais, par contre,
Le spectacle, au mois d'août, qui fait le maximum,
        Jamais ne se rencontre.

On ouvre assez souvent les deux portes du bagne
Aux forçats méritants que le repentir gagne ;
Je sais un bonnet vert devenu terrassier.
Il travaillait fort bien. Ça s'est vu, mais, par contre,
Le forçat qu'un changeur prendrait pour son caissier
       Jamais ne se rencontre.

Si l'on entre au café pendant la sécheresse,
Autour de votre table un serviteur s'empresse
Quand d'une récompense il conserve l'espoir.
Vous lui donnez deux sous. — Ça s'est vu, mais, par contre,
Le garçon de café qui refuse un pourboir,
       Jamais ne se rencontre.

Ce n'est point si malin d'être délégué membre,
Pour un département, de l'une ou l'autre Chambre.....
Tant qu'on marche au scrutin, l'aspirant se soumet
Aux désirs des mandants. — Ça s'est vu, mais, par contre,
Le candidat élu qui tient ce qu'il promet,
       Jamais ne se rencontre,

Il est, m'a dit quelqu'un, des amitiés sincères,
Soulageant de leur mieux les secrètes misères,
Qui craignent le grand jour et les yeux indiscrets.
Quoique j'en doute un peu, ça s'est vu, mais, par contre,
Un usurier qui prête aux gens, sans intérêts,
       Jamais ne se rencontre.

Un critique avançait, dans une répartie,
Qu'un mineur, très-connu, manquait de modestie.
Aux hommes de talent, je pense qu'on doit bien
Pardonner ce défaut. — Ça s'est vu, mais, par contre,
L'écrivain qui dirait : Mes vers ne valent rien,
        Jamais ne se rencontre.

XV

CHEZ UN AGENT MATRIMONIAL

SCÈNE I

M. ROY, JEAN, *son domestique*.

MONSIEUR ROY.

Jean, il est déjà tard ; pourquoi n'avez-vous pas
Nettoyé le salon du haut jusques en bas ?

Faut-il vous répéter qu'à midi sonne l'heure
Où, pour les gens pressés, j'ouvre cette demeure ?
Qu'on se dépêche, allons. Moi, je vais m'étrangler
Le cou dans ma cravate, puis ensuite affubler
Mon organe olfactif d'une admirable paire
De bésicles en or, afin de satisfaire
A la tradition des agents sérieux,
Dont le regard est court et le front soucieux.
Ainsi donc, maître Jean, au premier coup de cloche,
Soyez en habit noir..... Comme l'instant s'approche,
Tandis que je m'habille, il serait opportun
De dire aux arrivants, que « Monsieur voit quelqu'un. »

(Exit.)

SCÈNE II

JEAN, seul.

C'est bon, c'est bon, monsieur, on sait la ritournelle ;
Avec Jean, l'on a beau jouer de la prunelle,
Chacun vient à son tour. — Jamais de passe-droits !
La justice avant tout, — quoique les plus adroits
Sachent trouver encor le chemin de mon âme :
Pour deux francs, je résiste ; à cent sous, je m'enflamme ;
Hein ! de quoi ! Maître Jean, c'est fort mal. — C'est fort bie
— Mais peu délicat. — Bah ! qui risque rien n'a rien.
Or, mes émoluments ne me feraient pas vivre :
Vous pensez, n'est-ce pas, que Jean et le Grand-Livre

Ont des rapports restreints ? Et ma foi, franchement,
De tout ce que j'ai vu ressort l'enseignement
Que l'homme est un idiot et la femme une bête
De croire que, chez nous, ils feront la conquête,
Parce que monsieur Roy conduit un tilburi,
L'un, d'une aimable fille, et l'autre, d'un mari.
   (*On sonne.*)
Bon ! voilà le premier. Que la fête commence !
Mesdames et messieurs, vous verrez : « C'est immense ! »

(Exit.)

SCÈNE III

M. ROY, *seul.*

(*Il s'assied et se caresse le menton.*)

Je veux être pendu si ce maudit rasoir
Est bon d'autre façon qu'à servir de grattoir !
Il m'a mis sur la joue en forme d'accolade
Une ligne de sang ; Dieu ! quelle estafilade !
Ma figure est si rouge et son menton si bleu,
Qu'au drapeau tricolor mon teint ressemble un peu.

SCÈNE IV

M. ROY, UN MONSIEUR.

M. ROY, *saluant.*

Veuillez prendre une chaise et daignez, je vous prie,
Me parler, cher monsieur, sans fausse pruderie,

5

LE MONSIEUR.

Depuis déjà trois ans, je suis veuf, monsieur Roy,
D'une femme adorable. En suivant son convoi,
Je ruisselais de pleurs et cachai mon .visage
Pour prêter le serment qu'il est assez d'usage
De faire en pareil cas. J'étais donc résolu
A mourir vieux garçon. Hélas ! il eût fallu
Ne pas avoir de cœur ou la vertu d'un moine,
Et je ne me crois pas un petit Saint-Antoine.

M. ROY, *avec impatience*

Le fait est que.....

LE MONSIEUR.

Monsieur, certain proverbe a dit :
Que de manger beaucoup excite l'appétit.
C'est vrai ; mais je prétends (et cet axiome est juste)
Qu'après avoir dîné la faim est plus robuste :
Plus un ivrogne a bu, plus l'ivrogne a de soif.....

M. ROY, *à part*

Avec ses vieux dictons ce crétin me décoiff,
Et si de l'arrêter longtemps encor j'hésite,
Jusqu'à demain matin peut durer sa visite.
  (*Haut.*)
J'ai là, dans mon salon, d'autres clients à voir,
Et je me suis prescrit le rigoureux devoir
De les écouter tous.

LE MONSIEUR.

Un peu de patience :
Je viens en appeler à votre expérience ;
Il faudrait me trouver une femme d'esprit
Qui voulût contracter une riche alliance.
Sans avoir d'un Rothschild le fabuleux crédit,
Je vous confesserai que je suis à mon aise ;
Ceci reste entre nous. D'ailleurs, par parenthèse,
Si l'objet en litige offrait les qualités
De douceur, de jeunesse, enfin les entités
Que je recherche en lui, la question d'affaire
Ne serait à mes yeux qu'un détail secondaire :
Quand le bonheur est là, que l'homme est donc un sot
De le laisser filer par absence de dot !
N'oubliez pas que, seule, une charmante fille
De dix-huit à vingt ans et de bonne famille
Pourrait me convenir. Avez-vous, sous la main,
Quelqu'une à proposer ?

M. ROY.

Venez après-demain.
Car dans quelques instants j'attends une princesse,
Qui, de la marier, me tourmente sans cesse.
J'aurai bientôt peut-être un article de choix
A traiter vers le quinze ; — au plus tard : — fin du mois.

LE MONSIEUR, *se levant.*

Monsieur, c'est entendu ; j'ai bien l'honneur...

M. ROY.

Pardon !
Déposez deux louis, là, sur ce guéridon.
J'ai pris cette habitude et pour la bonne règle,
Afin de dérouter tout postulant espiègle.

LE MONSIEUR, *avec une grimace.*

Vous avez très-raison.
(*Il paie. A part :*)
Que cet homme à l'air chien.
(*Haut.*)
Monsieur, à vous revoir.

M. ROY.

Monsieur, croyez-moi bien
Le vôtre.
(*Exit le monsieur*)

JEAN.

Qui dois-je faire entrer ?

M. ROY.

Il n'importe ;
Suivez celui qui sort jusqu'à la grande porte.

SCÈNE V

M. ROY, UNE DAME, UNE JEUNE FILLE.

M. ROY.

Asseyez-vous, madame, et reprenez courage
Pour m'ouvrir votre cœur et parler sans ambage.

LA DAME.

En mil huit cent cinquante, une fille me vint
D'un mari, mort, hélas ! Il mourut comme un saint.
C'était un noble cœur et nous le regrettâmes,
Avec un désespoir que nul autre n'atteint,
Pendant cinq ou six mois. Du refuge des âmes,
Ta demeure dernière, es-tu content, Joseph ?

M. ROY.

Il l'est, j'en suis certain. Madame, derechef,
Ne nous égarons point dans d'épaisses ténèbres ;
Vous n'êtes pas ici chez les pompes funèbres.
  (*A part.*)
Ils se sont entendus. Je trouve original
De prendre mon salon pour confessionnal.
  (*Haut.*)
Auriez-vous la bonté de me dire, madame,
Ce qui doit résulter de la touchante gamme

Que vous exécutez sur feu monsieur Joseph?
J'ai tant de monde à voir qu'il me faut être bref,
Et vous pardonnerez à mon impatience.

LA DAME.

Ma fille a vingt-cinq ans! Malgré ma prévoyance
Et mon ardent désir de pouvoir la lancer,
Pas un garçon ne songe à m'en débarrasser.

M. ROY.

Le montant de sa dot?

LA DAME.

Deux mille francs de rente.

M. ROY.

Hum! ce n'est pas énorme.

LA DAME.

En outre une parente. ...

M. ROY.

Ah! Ah!

LA DAME.

Lui laissera son établissement
Où l'on va se donner pour trois sous d'agrément.

M. ROY.

C'est un revenu clair. Mais est-il une cause,
Je veux dire un motif..... Hum!.... enfin quelque chose
Qui viendrait expliquer ce retard singulier ?
Votre fille est jolie. — A-t-elle un ratelier ?
Ou, dois-je supposer..... Hum!.... que la calomnie.....
Ah! vous m'entendez bien!

LA DAME.

Mon Dieu! c'est qu'Eugénie
Écoutait trop son cœur ; or, un soir, son cousin.....

M. ROY.

Aïe ! Aï !

LA DAME.

Car Pierre était notre voisin.....

M. ROY.

Alors ?

LA DAME.

Alors, monsieur, je suis tout à fait franche,
Neuf mois plus tard, c'était dans la nuit du dimanche
Au lundi. ...

M. ROY.

Je comprends : cette histoire a couru.
Et les mères, depuis, la refusent pour bru.

LA DAME.

C'est vous qui l'avez dit. Auriez-vous un jeune homme
A me recommander? Ministre ou prix de Rome,
Ça m'est indifférent:

M. ROY.

                    Je connais, à Nemours,
Un gaillard bien bâti. Revenez dans huit jours.
J'attends, incessamment, une noble comtesse,
Qui, de la marier, me tourmente sans cesse.
J'espère avoir, bientôt, un article de choix
A traiter vers le quinze; — au plus tard : fin du mois.

LA DAME, *se levant.*

Je n'y manquerai pas. Saluez, Eugénie;
Monsieur Roy, mon enfant, est notre bon génie.

                                        (*Exeunt.*)

M. ROY.

Mesdames!..... La petite, avec son air naïf,
S'est déjà fait aimer pour le mauvais motif;
Je puis compter sur elle ainsi que sur sa mère.
Il surgit, tous les jours, quelqu'un dont la misère
S'accomodera bien du précoce poupard
Et d'être fait le... Hum!..... qu'il sera tôt ou tard.

SCÈNE VI

M. ROY, UN JEUNE HOMME.

M. ROY.

Monsieur, prenez un siége et n'ayez point scrupule
De parler carrément, sans autre préambule.

LE JEUNE HOMME, *timidement*.

Commis en nouveautés, je gagne deux cents francs
Par mois. J'ai vingt-six ans ; une humeur assez douce,
Et je suis fatigué de me battre les flancs
Tout seul. Connaissez-vous la blonde, ou brune, ou rousse,
Avec un peu d'argent, qui ferait mon bonheur ?

M. ROY, *à part*.

Ce gentil calicot m'est envoyé, d'honneur !
Pour adopter l'enfant de la tendre Eugénie.
Ne précipitons rien et flattons sa manie.
   (*Haut*.)
J'ai, là, ce qu'il vous faut. Reviendrez-vous demain ?

LE JEUNE HOMME, *radieux*.

Oh ! certes, monsieur Roy.

M. ROY, *écrivant*.
Votre nom.

LE JEUNE HOMME.

Paul Germain.
.(*Exit.*)

SCÈNE VII

M. ROY, UN MONSIEUR, *tres-élégant.*

M. ROY.

Asseyez-vous, monsieur, et, sans peur de surprise,
Parlez-moi, s'il vous plaît, avec toute franchise.

LE MONSIEUR, *légèrement.*

C'est ma façon, monsieur, et j'irai droit au but :
Comme vous le pensez, je suis célibataire .
Et j'enrage de l'être. Or, votre ministère
Étant de mettre un terme à cet état — mais, chut !
Vous devez en premier apprendre à me connaître.

M. ROY.

Croyez que.....

LE MONSIEUR.

Taisez-vous ! Si vous êtes sorcier,
Devinez qui je suis? — Monsieur, je suis caissier,
Ou, pour mieux m'exprimer, j'ai dû cesser de l'être.....

M. ROY.

·Vous êtes riche, alors ?

LE MONSIEUR.

On ne l'est jamais trop,
A dit, je ne sais où, l'illustre Diderot.

M. ROY.

Et vous cherchez, sans doute, une grande fortune ?

LE MONSIEUR.

Oui. Je désire aussi que ma femme soit brune.

M. ROY, *s'apprêtant à écrire.*

Vous vous nommez, monsieur ?

LE MONSIEUR.

Dussac, de Pézénas.

M. ROY.

Dussac, de Pézénas ? L'aventure est bizarre ;
J'ai déjà vu ce nom.

LE MONSIEUR.

Un tribunal barbare
L'enferma, lâchement, dans les murs de Mazas.

M. ROY.

Sac à papier ! Monsieur, on avertit son monde
Avant de souhaiter, pour épouse, une blonde

Ou choisir une brune avec des yeux fendus
Tout autour du chignon !

LE MONSIEUR.

Bah ! si les prétendus
Étaient d'honnêtes gens, nul n'aurait la sottise
D'épouser, par vos soins, la triste marchandise.....

M. ROY, *furieux.*

Monsieur, vous m'insultez !

LE MONSIEUR *tendant un billet de banque.*

Et je paye au comptant.
Si vous voulez palper dix-neuf fois ce montant,
Tâchez de me lever une jeune donzelle
A la peau de satin, au regard de gazelle,
Joignant le cœur d'un ange à l'esprit d'un démon.
Ressuscitez Baucis, je serai Philémon.

M. ROY.

Passez après demain ; car j'attends une altesse,
Qui, de la marier, me tourmente sans cesse

LE MONSIEUR, *se levant,*

Convenu ! Topez là ! — Mais vous serez discret.
Sur le temps que je fis dans la maison d'arrêt ?

M. ROY.

Me croyez-vous si niais pour que je m'en avise ?
Le mot discrétion est, monsieur, ma devise.

(*Exit le Monsieur.*)

SCÈNE VIII

M. ROY, UNE GROSSE DAME, *très-essoufflée,*

LA DAME.

Enfin ! m'y voici donc. Ah ! Vous n'êtes, monsieur,
Qu'un filou, qu'un escroc, et qu'un faux monnayeur,
Quand j'épousai Gaston, crédule à vos sornettes,
Vous me dissimuliez qu'il n'avait que des dettes ;
Qu'il était veuf d'un œil, et, qu'à Jérusalem,
On l'avait — accepté — pour — gardien du harem !

M. ROY, *stupéfait.*

Vous plaisantez !

LA DAME, *tragiquement.*

Monsieur, la vérité m'y pousse.
Ce dernier trait, surtout, est ce qui me courrouce.
Vivre avec un époux — insensible aux appas !
Mais je serais bien mieux si je n'en avais pas !
(*Elle sanglote.*)
Ah ! cruel monsieur Roy, que vous fûtes sauvage

D'avoir réduit au sort d'un éternel veuvage
Mon cœur passionné. — Car je n'ai que trente ans.

M. ROY.

Hum !

LA DAME, *vivement*.

Trente ans moins six mois. Pensez-vous que je mens?

M. ROY.

Non, madame, oh! Dieu! non!
(*A part*)
Elle en a bien quarante.

(*Haut*)
Votre triste récit serait digne du Dante;
Mais suis-je responsable? Avouez cependant
Que c'est, dans l'ordinaire, un fait sans précédent.
Des nœuds que j'ai formés, votre exemple est l'unique
Où l'amour soit resté — forcément — platonique

LA DAME.

Soutiendrez-vous longtemps?...

M. ROY.

Si j'avais su la chose
Je vous aurais instruit de sa — métamorphose;
Mais oser soupçonner mon commerce et ma foi
De cette atrocité, — moi! — le seul monsieur Roy

Connu depuis vingt ans, à Paris, en Europe,
Pour l'agent le plus probe et le plus philanthope !
Quelle erreur est la vôtre ! Ah ! je suis désolé
Que nous ayons ensemble un pareil démêlé
Pour le premier époux dont vous faites l'emplette.
Si vous saviez, vraiment, à quel point je regrette
De vous avoir vendu........

LA DAME

                Cela suffit, monsieur,
Dès aujourd'hui je vais, pour cas supérieur,
Demander à nos lois si l'on trouve admissible
De garder, jour et nuit, un époux..... impossible.

M. ROY.

En effet, je conçois que, pour un cœur ardent.........
Mais quittons ce sujet. Il me semble évident
Qu'on vous accordera de casser l'alliance,
Si l'homme est convaincu d'abus de confiance.

LA DAME

C'en est au premier chef ! Dois-je compter sur vous ?

M. ROY.

Je vous suis tout acquis. Là, m'avez-vous absous ?

LÀ DAME.

Ah !. monsieur ; pardonnez à mon doute outrageant.

M. ROY.

C'est fait, madame, et puis
(à part.)
On ne rend pas l'argent.

SCÈNE IX

M. ROY, UN MONSIEUR.

M, ROY, *seul.*

J'ai dit vrai, néanmoins. Lucifer me confonde !
Si je me suis douté, pendant une seconde,
Que ce monsieur Gaston, à part d'autres détails.
Avait d'un Philistin balayé les sérails.
Ça t'apprendra, mégère, à m'échauffer la bile
Avec tes airs navrés d'amoureuse nubile !
Ce tendron suranné m'a remué le sang :
J'ai la pommette rouge et le bout du nez blanc.

(Un Monsieur entre avec fracas.)

M. ROY.

Vous, cher monsieur Braquet ! Quelle agréable chance
Me procure, aujourd'hui, l'heur de votre présence ?

LE MONSIEUR, *d'une voix sombre.*
Vos armes, votre jour, le moment et l'endroit?

M. ROY.
Hein! Plaît-il?

LA MONSIEUR.

Votre jour, le moment et les armes?

M. ROY.
J'ai pour le logogriphe un esprit très-étroit;
A quel sujet, voyons, répandre ces alarmes?

LE MONSIEUR, *grinçant des dents.*

Tu me railles, maudit! Par le ciel, par l'enfer!
Je percerai ton cœur de six pouces de fer.
Tu périras, gredin! et, d'une main cruelle,
Je m'éclabousserai du sang de ta cervelle.
(*Il lui présente des armes.*)

Choisis l'une des deux, ou je te romps le cou
De la même façon qu'un simple sapajou.
Je vois l'espace en rouge et pressens un carnage
Dont il sera parlé dans tout le voisinage..

M. ROY, *froidement.*
Mon Dieu, monsieur Braquet, avant de me broyer,
Pourriez-vous, s'il vous plaît, ne pas me tutoyer?

6

Malgré votre dépit, nous n'avons, il me semble,
Jamais été forcés de garder rien ensemble.
Je ne refuse point de vous rendre raison,
Mais je voudrais savoir de quelle trahison
Vous m'accusez d'abord? Suis-je donc si coupable
Que de me massacrer vous vous sentiez capable?

LE MONSIEUR

Oui. Vous m'avez trompé sur la femme que.....

M. ROY.

                       Hem!
Serait-ce qu'elle aussi vient de Jérusalem.

LE MONSIEUR, *furibond*

Non, monsieur, elle est née en plein faubourg du Temple;
Et je ne saisis point...... Ah! ça, mais par exemple,
Espérez-vous, longtemps, me rire encore au nez?
Ventre-saint-gris! si.....

M. ROY.

               Bon! Vous vous époumonnez
Sans cause, assurément. Soyez plus explicite;
A me parler ainsi la haine vous excite,
Et dam,.— jusqu'à présent, — je ne découvre pas
Ce qui, dans nos rapports, motive mon trépas.

LE MONSIEUR

Je vais vous éclairer : lors de mon mariage,
Vous m'affirmiez, monsieur, que ma femme était sage...
Je vous crus sur parole et, dès le premier soir,
Il fallut, promptement, hélas! m'apercevoir
Que madame Braquet, bien loin d'être novice,
Avait à Cupidon offert le sacrifice
De sa candeur, monsieur. Que diable! cependant,
Il n'en faut pas plus pour se montrer mécontent.

M. ROY.

Raisonnons, voulez-vous ? Tout à l'heure, une dame,
Répétait, ici-même, un petit mélodrame,
Sous prétexte d'avoir un époux amoindri
De ce qu'on est en droit — d'attendre d'un mari.
Et, maintenant, c'est vous, qui faites une scène,
Parce qu'en place et lieu d'une vertu romaine
Vous êtes tombé sur un cœur moins délicat!
En pareille occurence, il vaudrait mieux se taire.
Toutes n'ont point la rose ou le certificat
Qu'on délivre, chaque an, dans le bourg de Nanterre.
« Le bruit est pour le fat, la plainte est pour le sot,
L'honnête homme, trompé, s'éloigne et ne dit mot. »
Méditez, méditez, ce merveilleux distique
A mon avis, monsieur, il est très-politique
De s'adjoindre une femme experte en sentiment ;
L'on est moins menacé de ce désagrément

Qui peut donner naissance à des rires sans bornes,
Et, par allégorie, à deux superbes cornes.....
Chez la vierge, au contraire, une fois qu'elle sait
Ce qui du mariage offre le grand attrait,
Il lui reste toujours le désir de connaître
Le fruit défendu qui saute par la fenêtre
Quand le mari revient, certain soir, tout distrait.
Soyez persuadé que la femme adultère
N'est point celle pour qui l'amour fut sans mystère.

LE MONSIEUR, *pensif*.

Pouvez-vous, monsieur Roy, seulement garantir
Que je n'aurai, jamais, lieu de me repentir.....

M. ROY, *vivement*.

Je ne suis pas garant, ni ne désire l'être,
Merci ! je ne tiens pas à vous voir reparaître,
Le front chargé d'éclairs, en Jupiter tonnant,
Pour un fait si commun qu'il n'est plus surprenant.
Écoutez les conseils de mon expérience
Et feignez d'être encor rempli de confiance.
Je parîrai — dix francs — que vous serez heureux ;
Ainsi, dépouillez donc ce regard ténébreux
Et dominez, surtout, vos instincts trop féroces.
En venant, ce matin, avec des pistolets
Bourrés jusqu'à la gueule, et farci de stylets,

Vous comptiez vous livrer à des crimes atroces;
Avouez-le, monsieur, et retournez chez vous.

LE MONSIEUR.

J'y rentre de ce pas pour la rouer de coups....!

M. ROY.

Eh! non, par la sambleu! Quel démon vous conseille?
Buvez, auparavant, une demi-bouteille
D'eau frappée, un calmant, reconnu souverain,
De la fureur, suivant le docteur Dupuytren.

LE MONSIEUR.

Osez en attester la croix de votre mère,
Que vous ne bercez pas d'une folle chimère
Ma.....

M. ROY.

Laissez-moi tranquille ou je sonne un laquais...

LE MONSIEUR.

Encore un mot, un seul?

M. ROY.

Ah! fichez-moi la paix!

SCÈNE X

M. ROY, *seul.*

Comprenez—vous, messieurs, après ce court poême,
Que je ne songe pas à me pourvoir moi—même?
Ne vous mariez point : c'est un métier fatal.
Soyez plutôt maçon, professeur de roulette
Ou dompteur de lions, qu'époux d'une coquette.
Communauté de biens ou régime dotal,
Le pire des états est l'état marital.

XVI

UN PLAIDOYER

———

Messieurs de la Cour, messieurs les Jurés,
Aristote nous dit que, sans la vertu, l'homme
Est un être pervers et cruel ; mais, en somme,
Monsieur de la Palisse était, de son vivant,
Aussi judicieux que l'illustre savant.
Labéon, Capiton, législateurs d'Auguste,
Papinien, Gaius, ont écrit que le juste

En sa décision constituait le droit.
Le droit ! — vous entendez ; ce mot qui se conçoit
En sanscrit par *argu*, par *diké* dans l'Attique,
Par *jus* en vieux romain, et par *raights* en gothique ;
Le *ret* norvégien devient *right* en anglais,
Rastaï c'est le kourde, et *rasta* le malais ;
Prava nous dit le slave, et *pravaïa* le russe,
Le kalmouk *erezu*, prononcé *rechts* en Prusse ;
L'Espagne a *derecho*. Voyez Justinien
Et l'*Institution* du grand Quintilien,
Le sombre Archidamas, le tragique Euripide
Qui fustigeait en vers de sa plume intrépide
Le sexe détesté du grec Mélanion,
Chaste à rendre confus le chaste Scipion.
Ah ! qu'il faut reprocher au triste Epiméthée
D'avoir aimé Pandore et sa boîte enchantée !
Amour fatal ! *Nigro notanda lapillo*,
Et désolant ! *Quantum mutatus ab illo!*
Avec Proud'hon, Musset, Dumas fils considère
Que l'homme est un lion ; la femme ! une panthère :
Un objet malfaisant, souple, rusé, haineux,
Une chose insalubre, un luxe ruineux.
Qui donc a déjà dit, messieurs : cherchez la femme ?
Vous la rencontrerez dans tout ce qui se trame.
N'est-ce point évident ? Mon client Capdebo.
N'a-t-il pas fait descendre une femme au tombeau ?

Et quelle femme encore ; il serait dérisoire
De nous le reprocher. — Respect à sa mémoire !
Et résumons dès lors en quelques mots concis,
Ce qu'était le sujet que nous avons occis :
Elle naquit, messieurs, d'une humble paysanne ;
A l'âge de vingt ans, sans doute le destin
L'excitant en secret, la folle courtisane
S'enfuit de sa bourgade avec un cabotin
Qui la rouait de coups, en vertu de l'adage :
Que la femme qu'on bat vous aime davantage.
Eh ! messieurs, *trahit sua quemque voluptas,*
Chacun suit son penchant, dit le tendre Virgile,
Quel qu'il soit ; — c'est fatal, *per fas et per nefas !*
Nous ne sommes pas tous pétris de même argile :
L'un veut être soldat, et l'autre capucin.
Or, il était écrit que la pauvre victime
Tiendrait compte d'amour, d'amour illégitime,
Et que le Capdebo serait son assassin.
Que vouliez-vous qu'il fît ? Moi, je me le demande ;
Mais doit-on condamner cet homme dont l'instinct
A causé le trépas d'une Phryné normande ?
A l'Œdipe on prédit, quand il aurait atteint
Son vingtième printemps, le meurtre de son père.
Nul ne peut échapper au destin qui l'attend ;
Le riche sera pauvre, et le pauvre prospère,
Si c'est écrit là-haut. Oui, messieurs, nonobstant

Qu'on cherche à retarder la terrible échéance.
C'est une question de hasard ou de chance.
Considérez, d'ailleurs, que notre père est mort
Au bagne de Toulon, parce qu'un coffre-fort
Se trouvant sur sa route, il avait jugé sage
De forcer cet intrus à lui livrer passage.
Et quant à notre mère, il nous semble jadis
L'avoir vue en un rêve, et ce rêve bizarre
Nous la montre occupant le logement gratis,
Qu'un État pudibond consacre à Saint-Lazare.
Tels étaient nos parents! Faut-il être étonné,
Si leur enfant professe un goût désordonné
Pour le bien du prochain? Pourquoi nous faire un crime
D'avoir escaladé le mur d'une maison?
On nous fermait la porte, — et l'on avait raison;
Mais elle était fermée! Alors je la supprime.
On nous reproche encor d'être entré dans la nuit!
C'eût été dangereux le jour, et par le bruit;
Nous avons profité de ce que la fenêtre
Était presque entr'ouverte : il fallait la fermer!
En vérité, messieurs, n'est-ce pas méconnaître
La plus simple prudence? Et qui doit-on blamer :
De celui qui provoque, ou celui qui se laisse
Provoquer? Quant à moi, hardiment, je confesse
Que j'excuse plutôt la faute du dernier.
D'un côté, l'assassin; de l'autre une hétaïre,

Sangsue en robe à queue, effroyable vampire,
Pour qui le monde était un vaste pigeonnier
Rempli de tourtereaux dont l'espèce fourmille,
Des ramiers qu'on pourvoit — d'un conseil de famille.
La Grèce mit Thesée au rang d'un demi-dieu,
Parce que ce héros tua le Minotaure.
Nous sommes aussi grand, et l'on devrait, au lieu
Du sinistre échafaud que le bourreau restaure,
Nous dresser des autels ; car je sais bien des gens,
Épouses ou tuteurs, qui seraient indulgens
Pour ce meurtre anodin qui vous les débarrasse
De l'être dangereux justement défini. :
Quœrens quem devoret. Mon client a puni
De son avidité ce monstre plus vorace
Que ne fut le dragon du courageux Cadmus.
Convenez-en, messieurs, vos esprits sont émus.
Il n'est donc pas besoin d'ergoter, pour la forme,
Sur le vol des joyaux dont mon client soigneux
Enlevait des écrins d'une valeur énorme ;
Et nous opposerons un calme dédaigneux
A l'imputation que, seul, le vol infâme
Était notre mobile. — Ah ! c'est trop fort, vraiment !
Post hoc, ergo propter hoc. Messieurs, je réclame !
On veut nous infliger le dernier châtiment
Parce qu'il s'est trouvé dans plusieurs de nos poches,
Quelques gros diamants, des bagues et des broches.

Ils traînaient sur un meuble, et nous les avons pris
Pour sauver la morale. Il eût été stupide
De les abandonner à la bonne cupide
Qui n'en aurait point su tirer le meilleur prix !
Et ma foi, somme tout, puisqu'il faut vous le dire,
Quand même Capdebo serait un franc vaurien
Que le métal séduit, et que le crime attire,
Vous ne voudriez pas qu'il travaillât pour rien !
Mettez-vous à sa place ! En pareille occurence,
Auriez-vous découvert avec indifférence
Qu'il suffisait, messieurs, d'étendre votre main
Pour empocher, sans bruit, dix mille francs de rente,
Sur le corps refroidi d'une femme mourante ?
Résister à l'envie est quasi surhumain ;
Et je dois convenir, malgré qu'il me rebute,
Que mon honneur, du reste, aurait fait la culbute.
Or, je conclus au fond : *Semper ad eventum
Festinat*, dit Horace, et, suivant sa maxime,
Je demande sans plus la peine minimum.
Votre verdict pourrait nous sauver de l'abîme ;
Car n'est-il point écrit de traiter le prochain
Comme nous voudrions être traités nous-mêmes?
Vous pâlissez ! Je vois, à vos figures blêmes,
Que vous n'avez souci de monter sur l'engin,
Du nom de l'inventeur, appelé guillotine.
Je comprends qu'on hésite; alors, messieurs, pourquoi

Abuser des pouvoirs que confère la loi?
Parce que l'accusé jette une gourgandine
Au sépulcre commun, veut-on nous immoler
A ses mânes vengeurs? Veut-on nous décoller
Et livrer au bourreau, pour qu'il le rapetisse,
Notre corps palpitant! Messieurs, songez-y bien·
De nous encourager c'est un mauvais moyen,
Et vous allez commettre une grande injustice.....
J'ai tout dit et ne veux — plus rien dire au delà.
D'avance je connais le verdict qui s'apprête,
Et si, malgré mon zèle, il vous faut notre tête,
Convenez-en, messieurs, et, mon Dieu! prenez-la!

XVII

UN AMI VÉRITABLE

———

L'autre soir Barigoul, un ami de Toulouse,
M'entraînait au café, — malgré moi, c'est certain.
A peine étais-je assis, qu'un Suisse de Schaffouse,
Que je prenais d'abord pour quelque sacristain,
Tant il avait l'air doux et la mine hypocrite,
M'apostropha tout haut du nom de Pertarite :
« Eh bien! oui! cadédis! c'est mon nom, que je fais;

Après? J'ai beau chercher ; quant au tien, je l'ignore.
— Tu n'es qu'un polisson! — Et vous un portefaix!
Répondis-je, en posant d'un geste matamore
Mon feutre sur l'oreille. » A l'instant, une claque,
Oui, monsieur, une claque, — un immense soufflet,
Me coupa, comme on dit, brusquement le sifflet.....
Mon sang ne fit qu'un tour, et — je tournai casaque
En jetant au brutal un regard dédaigneux ;
Comme ça, voyez-vous? Puis je gagnai la porte.....

Mais voilà Barigoul, — que le diable l'emporte !
Qui s'avise aussitôt de se montrer soigneux
De mon honneur, vraiment ! Fier de sa maladresse
Il arrive, et me dit qu'il a trouvé l'adresse
De mon provocateur : « Eh! bagasse! pourquoi ?
— Voyant que tu partais, je le prévins pour toi
Qu'il aurait, dès demain, l'honneur de ma visite,
Car je suis ton témoin ; — c'est un fait accompli.
— Que Satanas t'étrangle! Ah! je te félicite
De ta sollicitude, et me voilà joli !
Concevez-vous un peu la singulière chóse?
On voit bien, Barigoul, que tu n'es pas en cause.
Si l'on t'avait giffié, je parîrais — cent sous.
Que tu ne serais pas la moitié si jaloux
De rouvrir les champs clos et de rompre une lance
Pour punir l'insolent et laver l'insolence.

Et s'il me plaît, à moi, d'avaler cet affront !
De quoi te mêles-tu ? Qui t'en a chargé, donc ?
— Pertarite, ah ! pichoun ! je te croyais plus brave,
Un brave dans mon genre , et tu trembles de peur !
— Peur ! qui dit que j'ai peur ? — Une injure aussi grave
Veut du sang, Pertarite ! Allons, point de stupeur ;
Il faut prendre sa vie ou qu'il prenne la tienne !
— Qui te presse, animal, de suivre mon convoi ?
Chacun aime sa peau : moi, je chéris la mienne,
Et si tu veux du sang, — verse le tien, ma foi !
Ecoute, Barigoul ; va chez cet avorton
Qu'en un seul tour de main j'enverrais chez Pluton.....
Si c'était mon désir. — Mais..... — Vas-y pour me plaire,
Et par tous les moyens arrange cette affaire.
Je serais très-surpris qu'il fût assez mauvais
Pour vouloir, maintenant que j'ai reçu sa claque,
Décliner de nouveau l'honneur que je lui fais,
En daignant oublier son incroyable attaque.
Cours, mon bon Barigoul : surtout, sois arrogant ;
Traite-le de coquin, de fourbe et de brigand ;
Mène un bruit diabolique, et si malgré nos ruses
Il persiste à se battre...... offre-lui mes excuses.
— Ah ! n'est-tu pas honteux ! — Barigoul !... mon ami !
— Enfin, c'est bien pour toi. — Ne fais rien à demi ;
Rampe sur le plancher, si le bandit se cabre ;
Tout m'est égal — plutôt que de croiser le sabre. ..»

Tout à l'heure il revient, et me serrant la main :
« Pertarite, mon vieux, dit-il, j'ai vu notre homme.
L'affaire est arrangée. — Ah! tant mieux! — Il se nomme
Margrafler. — Que m'importe! — Et tu te bats demain!
— Miséricorde! — Eh! oui! c'est un fameux gaillard;
Mais il a bientôt vu qu'il parlait à son maître.
En tous cas, mon ami, commande un corbillard,
Et, sans aucun délai, fais prévenir un prêtre.
— Malheureux! qu'as-tu dit! — Il voulait l'arme blanche,
Et tu n'y comprends rien. Au pistolet il tranche
Un fil à vingt-cinq pas. Bref, nous sommes d'accord
Qu'on ne charge qu'une arme. Avec un peu de chance
Tu choisiras la bonne, et je t'apprends d'avance
Qu'on marche l'un sur l'autre et qu'on se bat à mort!
Ah! j'oubliais aussi que le bois de Boulogne
Est l'endroit convenu. Rendez-vous à l'aurore.
Courage, mon vaillant! Si le plomb te perfore,
Sache au moins expirer en fils de la Gascogne.
Refais ton testament bien conforme à la loi,
Afin que ton trépas ne dérange personne.
Songe à tes vieux parents, et songe à Carcassonne,
Songe à moi qui suis pauvre — et qui n'ai plus que toi! »

XVIII

DANS LES VIGNES

———

Eh ! quoi mon fils, est-ce vous que je vois
Dans cet état d'épouvantable ivresse ?
Malgré mon zèle et ma défense expresse,
Et le serment reçu de votre voix !

— Mon père, j'ai fait une maladresse ;
Quand je promis c'était par les grands froids.

Au mois de juin et par la sécheresse,
Vous le savez, la soif reprend ses droits.

— Mon fils, ô mon fils, vous n'avez donc crainte
D'offenser le Ciel et le Tout-Puissant?
Songez, mon fils, ce qu'a d'avilissant
Le vice affreux dont vous portez l'empreinte !

— Pourquoi, mon père, est-il si repoussant
De s'enivrer de vin rouge ou d'absinthe ;
Puisqu'être à jeun, pour un peuple innocent,
Au dieu Bacchus c'était porter atteinte ?

— Mon fils, mon fils, c'est vous prêcher en vain ;
Je vois, hélas! que l'habitude est prise.
En allant à l'eau la cruche se brise,
Et vous devez faire une triste fin.

— Oh ! bon père, alors vous faites méprise ;
Car, si jamais la cruche de Sylvain
Se fêle un beau jour, qu'on se tranquillise !
Ce sera, bon père, en allant au vin !

— Mon fils ! ô mon fils, quand je considère
Un malheureux dont l'enfant meurt de faim,

Et qui boit le prix d'un morceau de pain,
Je ferme les yeux et mon cœur se serre.

— Mon père, hélas ! quand je vois un humain
Frapper les murs et se tordre par terre :
« Voilà l'état où je serai demain,
Me dis-je alors, et ce tableau m'altère. »

— Mon fils, mon fils, vos deux yeux sont cernés,
Et leur regard trahit l'excès infâme.
Réfléchissez, que chacun vous proclame
Le plus ivrogne en tout le Gâtinais !

— Mon père, il est vrai, l'enfer me réclame.
Je suis un gredin, — je le reconnais,
Mais quand j'ai trop bu, qui faut-il qu'on blâme
Du Français Sylvain,..... ou du Polonais ?

— Mon fils, ô mon fils, il est présumable
Que, depuis longtemps, le cœur est perdu ;
A l'esprit du mal vous êtes vendu,
Et votre place est marquée à sa table !

— Mon père, ah ! tant mieux, si je suis perdu,
Car ce vieux Satan doit être un bon diable ;
Si, pour festiner, je suis attendu,
Nous irons — tous deux — rouler sous la table !

— Mon fils ! ô mon fils, on m'a dit tout bas,
Qu'en rentrant le soir vous n'avez vergogne
De battre une femme ! Horrible besogne !
Repentez-vous donc et ne buvez pas.

— Ah ! mon père, il faut toujours que je cogne,
Et boirai, j'ai peur, jusqu'à mon trépas ;
Je ne promets rien : les serments d'ivrogne
Sont, précisément, ceux qu'on ne tient pas !

XIX

LE BONIMENT

———

Mesdames et messieurs, et puis la compagnie,
J'arrive des confins de la Paphlagonie,
Illustré jadis par Alexandre le Grand
Ce dont vous paraissez tout à fait ignorant.
Croyez que je n'aurai pas quitté ma patrie,
Où j'ai des intérêts dans une brasserie,

Sans un prince espagnol qui m'envoya chercher,
Parce que sa femme est sur le point d'accoucher.
Tous les docteurs briguaient cette faveur insigne ;
Moi — qui ne voulais rien, — on m'a seul jugé digne
De recevoir l'enfant. Le hasard a voulu,
Tandis que je flottais encore irrésolu,
Que le bourg renommé de Bignou-les-Abeilles,
Dont même à Bassorah l'on vante les merveilles,
Se trouvât sur ma route......

      Alors, vraiment alors,
Je m'embarque à Stamboul et débarque à Cahors ;
Et me voici, messieurs, et puis la compagnie,
Offrant jusqu'à demain les fruits de mon génie.
Car, sachez, citoyens, que j'ai pâli trente ans
Sur de vieux manuscrits légués aux musulmans
Par le dieu du soleil, le fameux Zoroastre !
Peut-être ignorez-vous qu'il s'agit du même astre
Qu'on voit briller ici ? Vous en doutez, je crois ?
Rien n'est plus vrai pourtant, j'en jure sur la croix !
Donc, après vingt-neuf ans de ces travaux arides,
Auxquels je dois un front tout sillonné de rides,
J'ai découvert — enfin — un produit merveilleux,
Dont je puis, à bon droit, me montrer orgueilleux.
Je veux bien l'avouer, ce produit je le tire
Du lotus africain et des os du Vampire,

Palmipède velu comme un orang-outang
Qui recherche les morts pour leur sucer le sang !
Quoique nul ne l'ait vu, l'Égypte le révère ,
Je m'en suis approché sous un masque de verre,
Car son odeur suffit pour vous donner la mort
Et, malgré tout, messieurs, c'est un bien triste sort.
Comme un autre j'aurais des millions de rente !...
J'ai préféré guérir l'humanité souffrante,
En dépit des efforts du Perse Artaxercès,
Aussi vrai que j'ai nom Thesaurochrysidès !
Je ne suis pas venu sur cette grande place
Des sommets sourcilleux de l'antique Parnasse,
Pour induire en erreur un tas de braves gens
Avec de beaux discours contraires au bon sens !
Je laisse ces moyens aux charlatans vulgaires
Qui blaguent — sciemment — les masses populaires.
Si l'on me croit pareil à ces indélicats,
Je possède — à Bagdad — plusieurs certificats,
Qu'à mon retour, là-bas, j'enverrai par la poste,
Signés par le Calife et par le grand Staroste.
Qui de vous veut les voir ? Une, deux, et trois fois !
Est-ce vous, eh ! monsieur, qui ricanez, je crois ?
Non ! Alors, je poursuis.

                              Cet élixir magique
Guérit de la colique et de la bucolique ;

C'est un tonique, un hydropique, un narcotique,
Un empyreumatique émethocathartique !
C'est un succédané laxatif, purgatif,
Sternutatif, électif, et législatif !
Il vous guérit aussi de la catalepsie,
De la prophylaxie et de l'hydropisie.
De la gastronomie et de l'autocratie,
De la bradypepsie et de l'épilepsie,
De la démocratie et de la frénésie !
Il vous préserve encor de la contagion,
Des fluxions, des ganglions, du scorpion,
Des conspirations et de l'émotion !
Pour mémoire il guérit : la piqure et l'usure,
Le futur et l'obscur, l'engelure et l'injure !
Se méfier surtout de la contrefaçon !
Avec notre étiquette exiger l'écusson
Et l'extrait du firman signé d'Elagabale,
Seul approuvé par la Faculté médicale !
Guérison spontanée et sans nulle douleur !
Ce remède étonnant, par sa grande valeur,
A longtemps intrigué les rois de la science,
Et plusieurs souverains m'ont offert audience.
En vérité, messieurs, vous pourriez avoir peur,
Si je vous racontais les cures innombrables
Que j'obtins sur des gens réputés incurables !
Des aveugles, vraiment, qui ne voyaient pas clair,

Ont retrouvé leurs yeux ; et c'est ainsi qu'un pair,
Bossu des deux côtés, me vint voir de l'Ecosse :
Je pris de ma pommade, et..... redressai sa bosse !
Enfin, un Japonais, demeurant à Francfort,
Ressuscita — soudain — trois jours après sa mort !
Je pourrais de la sorte aligner des histoires
Jusqu'au grand jugement ! Parler de ses victoires
Manque de modestie, et c'est même — être vain,
Le vrai talent, messieurs, regarde avec dédain
L'empirique effronté qui, librement, s'abaisse
A flatter le public, en tapant sur sa caisse !
Je n'en suis pas réduit à ces expédients ;
Et je ne nommerai, parmi tous mes clients,
Que le roi du Bengale et l'épouse du pape ;
Un contre-amiral suisse, et le dernier satrape ;
Deux ou trois stathouders, l'iman de Zanguebar.
Le fils du schah de Perse et le coiffeur du Czar !
Quant aux ducs, aux marquis, aux barons, aux vicomtes,
Point n'en ai souvenir.

                J'ai guéri deux archontes,
Trois premiers chambellans, quatre-vingt-six mylords,
Sept généraux suédois, dix-neuf tambours-majors,
Huit rajahs écossais, cinq commandeurs valaques,
Vingt-six Monténégrins, douze hetmans de cosaques,
Quarante et deux nababs, cinq cent vingt-cinq boyards,

Sept cents mandarins turcs, six fois quinze hospodars,
Neuf cochers d'omnibus, cinq mille agents de change,
Deux cent deux sous-préfets, treize éclusiers du Gange,
Un vizir espagnol, deux professeurs kalmouks,
Trois agas patagons, quatre chefs mameluks,
Cinq magyars panés, six chinois calvinistes,
Sept cardinaux nubiens et neuf cent neuf pianistes !
Et notez bien, messieurs, que je n'ai cité là
Que les bourgeois cossus ! Monsieur de Loyola
M'adressa récemment une lettre autographe,
Ecrite par un autre, avec un beau paraphe.
Pour terminer enfin, je reçus avant-hier,
Venant de l'Algérie, une immense girafe
Que m'offrait galamment l'émir Abd-el-Kader !
Je dus m'en séparer, à regret, je confesse,
Pour accéder au vœu d'une aimable duchesse.
Encore un mot, un seul !

         « Combien, me dira-t-on,
Vendez-vous ce remède ? » Ah ! messieurs, Washington,
Le grand libérateur de la grande Amérique,
Osa me proposer d'acquérir la fabrique
Que j'ai montée à Smyrne ! Alors, je répondis :
« Monsieur le général, vous vous êtes mépris ;
Demandez-moi ma tête !..... et je vous l'abandonne ;
Mais je ne me vends point, général, je me donne ! »

Était-ce assez soigné? Parbleu! je le crois bien!
D'autant plus que ces mots ne signifiaient rien;
Et Washington, ravi, me serra les phalanges :
« Noble étranger, dit-il, recevez mes louanges!
Vous ferez, j'en suis sûr, accourir les jobards.
Montrez-moi vos talons, et — voici cinq dollars! »
Je pris ce vil métal en me voilant la face.....
Avec ça, j'aurais pu prendre un permis de chasse,
Ou trois fauteuils d'orchestre, ou des fonds espagnols,
Ou, sur les boulevards, vendre des parasols!...,.
Eh bien! j'en régalais un caissier énergique,
Qu'un motif inconnu retenait en Belgique.
Et depuis ce jour-là, soit dit sans vanité,
Si je voyage encor c'est par humanité.

Gardez donc votre argent; je n'en aurais que faire!
Ce serait avilir mon divin vulnéraire.
Je vous en donnerai : « mais, combien, direz-vous? »
Combien! pour cinq cents francs? Non, messieurs, — pour
[deux sous!
Oui, vraiment, pour deux sous! C'est le prix de la fiole,
Une plaisanterie, une simple babiole!
Vous avez de l'argent : — vous m'en donnez pour rien;
Et moi, — gratis toujours, — je vous donne du mien
Sous forme d'un flacon rempli de spécifique.
Est-il de procédé qui soit plus magnifique?

Car, — je n'y songeais pas, — mon célèbre élixir
Engraisse les poulets qui pourraient dégrossir ;
Il détruit les rousseurs, fait pousser les moustaches,
Et de vos vieux habits vous enlève les taches.
Et tout cela, messieurs, ne coûte que deux sous !
Deux sous ! Vous devriez l'implorer à genoux.
Dix centimes, deux sous ! Ah ! messieurs et mesdames,
Avec ce philtre on doit se faire aimer des femmes.
Profitez du moment ! je partirai bientôt !
Demandez ! demandez ! C'est ici le dépôt,
Le seul, entendez-vous, du grand docteur persique !
Parlez, messieurs, parlez ! En avant la musique !!

XX

TRIOLETS

———

Jamais il ne fut sur terre
D'objet aussi décevant.
Un plus mauvais caractère
Jamais il ne fut sur terre.
Elle aimait un militaire
Qui venait la voir souvent.

Jamais il ne fut sur terre
D'objet aussi décevant.

Depuis hier elle est partie
Avec un corps de dragons.
Que le bon Dieu la châtie !
Depuis hier elle est partie.
Pour mieux cacher sa sortie,
Elle entra dans les fourgons.
Depuis hier elle est partie
Avec un corps de dragons.

Tant pis pour cet imbécile !
Je plains mon rival, ma foi.
Isabelle est difficile ;
Tant pis pour cet imbécile !
S'il a l'humeur peu docile,
Quel sera leur désarroi !
Tant pis pour cet imbécile !
Je plains mon rival, ma foi.

Je fus toujours bon pour elle,
Et j'étais « son Adrien. »
Elle avait nom Isabelle,
Je fus toujours bon pour elle.

Je la croyais — demoiselle ;
Hélas ! il n'en était rien.
Je fus toujours bon pour elle,
Et j'étais « son Adrien. »

Hélas ! hélas ! quand j'y songe,
Je sens redoubler mes pleurs ;
Voici mon nez qui s'allonge,
Hélas ! hélas ! quand j'y songe,
Son zèle était un mensonge,
Et ses transports — des couleurs.
Hélas ! hélas ! quand j'y songe,
Je sens redoubler mes pleurs.

Je ne puis passer mes cornes
Sous la Porte Saint-Denis ;
Mon chagrin n'a pas de bornes,
Je ne puis passer mes cornes.
Pourquoi mes yeux sont-ils mornes
Je vois jaune, et j'en rougis ;
Je ne puis passér mes cornes
Sous la Porte Saint-Denis.

C'est ce que je dis au monde
Avec un air douloureux ;
Quand ma moitié vagabonde,
C'est ce que je dis au monde.

Ma douleur paraît profonde,
Quoiqu'au fond j'en sois heureux;
C'est ce que je dis au monde
Avec un air douloureux.

XXI

MILLE ÉCUS DE RENTE

Si j'avais mille écus de rente,
Je sortirais de ma soupente,
De sa misère et son grabat,
Pour une chambre plus pimpante
Tapissée en velours grenat.

Si j'avais mille écus de rente,
J'aurais une jument fringante,

Un beau coupé de satin bleu,
Une maîtresse extravagante,
Et puis un coquin de neveu.

Si j'avais mille écus de rente,
Avec quelle joie insolente
Je narguerais les créanciers !
Ah ! que cet horizon m'enchante !.....
Je pourrais rosser mes huissiers !

Si j'avais mille écus de rente,
Je dégagerais chez « ma tante, »
A l'instant tous mes vieux habits ;
J'aurais une montre excellente
Et, pour ma cravate, — un rubis.

Si j'avais mille écus de rente,
Je m'enivrerais d'Alicante,
Ou de Bordeaux, ou de Pommard ;
Dans les cabarets qu'on fréquente,
Je me nourrirais de homard.

Si j'avais mille écus de rente,
Je serais toujours, je m'en vante,
Habillé comme un pur gandin ;
Et si dans la nuit je m'absente,
Je dormirais tout le matin.

Si j'avais mille écus de rente,
J'achèterais dans une vente
Un mobilier en acajou.
Mais cet avenir m'épouvante,
Ce serait pour me rendre fou......

Or, s'il faut que je me tourmente,
Je perdrai mon humeur charmante,
Et ma santé, mon appétit;
Suis-je pas mieux sans contredit
Qu'avec ces mille écus de rente?

XXII

L'AMOUR D'UN COLLÉGIEN

———

Déité sans pareille, idole de mon âme,
    Pour t'adorer il m'a suffi
De t'avoir entrevue, et du regard de flamme
    Dont ton œil bleu m'a poursuivi.
C'était jeudi dernier. Avec la promenade,
    J'emboîtais le pas sans remords,
Quand sous les marronniers, Potard, mon camarade,

Me désigna ton huit ressorts.
Adieu donc Xénophon, Quinte-Curce et Tacite,
Et les faiseurs de vers latins,
Qu'à des pions abrutis, tour à tour, l'on récite,
Sitôt levé, tous les matins.
Depuis ce jour fatal, lorsqu'on sonne la classe,
Mes devoirs ne sont jamais faits;
Tout m'est indifférent, tout m'ennuie et me lasse,
C'est toi qui m'a rendu mauvais.
Et quand Phébus descend sur les bancs de l'étude,
J'éprouve des plaisirs amers
A molester le pion, qui, dans sa platitude,
Me fit griffonner tant de vers,
En te narrant, hélas! cette sinistre histoire,
J'ai le gosier plein de sanglots,
Je pense à toi la nuit, je pleure au réfectoire
Sur un grand plat de haricots......
Je te trouve plus belle, ô charmante Aphrodite,
Que ne le fut jamais Vénus!
Et je suis, quant à moi, chacun m'en félicite,
Mieux bâti que l'Antinoüs.
Dis, veux-tu m'épouser? J'ai vingt sous par semaine;
Dans six ans je serai majeur;
Je connais le récit du fameux Théramène;
Et ne suis pas trop tapageur.
N'hésite point, cher ange, à devenir ma femme,

Ou j'aurai bientôt succombé ;
Dis un mot, rien qu'un seul, et je serai Pyrame,
    Pourvu que tu sois ma Thisbé.
Quel ménage adorable ! Ah ! mon cœur se dilate
    Devant le tableau que j'en fais :
Tu m'apprendras — d'abord — à nouer ma cravate,
    Et je t'apprendrai le français !
Au Café Tortoni, narguant les populaces,
    Nous irons tous les jours deux fois ;
Après quoi nous ferons, pour digérer nos glaces,
    Un tour sur les chevaux de bois
Mais assez discourir, car le pion m'examine,
    Et le faquin doit m'en vouloir ;
On pourrait me pincer ! Il faut que je termine,
    Viens me demander au parloir

XXIII

LES SOIRÉES DE BOULEVARD

J'écris ceci pour vous, madame,
Qui ne sortez jamais le soir ;
C'est un singulier amalgame
Que celui du long promenoir
Où le monde entier se démène,
Et dont le colossal domaine

S'étend depuis la Madeleine
Jusqu'au quartier Richard-Lenoir.

Là, sitôt que le crépuscule
Vient assombrir les horizons,
Par l'hiver ou la canicule,
On voit s'éclairer ses maisons.
A l'instant, chaque réverbère,
Du haut de sa cage de verre,
Se change en un petit cratère,
Et tout le long des boulevards,
Aussi loin que vont les regards,
Le macadam paraît en fête.
C'est l'heure où dîne en tête-à-tête
Le gommeux avec sa conquête ;
Où toujours un bourgeois honnête
A rentrer au logis s'apprête ;
Où tel caissier dans le pétrin,
Pour mieux conjurer la tempête
Qui doit éclater sur sa tête,
S'empresse de courir au train !

Déjà la bonne respectable,
La bouche en cœur et l'œil ravi,
Dit « que la soupe est sur la table » ;
Le laquais d'un seigneur notable

Annonce, d'orgueil tout bouffi,
Que « monsieur le duc est servi ».
Le commis économe et sage
Prend ses repas dans le passage,
Modestement, à vingt-trois sous,
Et voici le mari jaloux,
Qui suit sa conjointe à distance,
Pour s'assurer de l'existence
D'une amie à laquelle Hortense
A fixé certain rendez-vous,

Alors, des cabarets en vogue,
Après leurs festins abondants,
Sortent les dandys à l'air rogue
Mâchant encore un cure-dents.
Puis, — d'un dîner c'est l'épilogue,
On offre à l'entour des brevas,
Et l'on entend le dialogue
S'engager sous les becs de gaz.

Dans tous les cafés on se presse,
Et les garçons sont éperdus ;
Plus d'un commet la maladresse
De laisser le monde en détresse,
Et qui n'en semble point confus.
Devant le spectacle, autre histoire :

La pièce qu'on donne est notoire,
Et l'auteur peut chanter victoire ;
Aussi la foule des humains
S'arrache les billets des mains.....
Tapi dans l'ombre du contrôle,
Le directeur « la trouve drôle, »
Et s'enfle déjà comme un bœuf.
Quelle est la mouche qui les pique ;
Le scenario n'est pas neuf,
Et son esprit n'est pas épique ?
— On y va pour le beau Félix
Et le maillot de madame X...

Mais voici le premier entr'acte.
Le public se transporte en blocs
Au café voisin, et détracte,
Avec bonheur, entre deux bocks :
« Mon Dieu ! que la pièce est mauvaise
— Vous en parlez bien à votre aise !
— Et que la débutante est niaise !
— Pardon, monsieur, je vous prîrais
De moins critiquer ses attraits
—Ah ! ceci, monsieur, me regarde ;
Sa voix est grêle et nasillarde.
— La connaissez-vous ? — Dieu m'en garde !
Monsieur serait son — défenseur ?

— Je ne permets pas qu'on l'attaque !
— Tiens ! pourquoi donc ? — Elle est ma sœur !
— Je m'en doutais ! » Puis une claque
Retentit au milieu du bruit.....
Vous devinez ce qui s'ensuit :
On les sépare, on s'interpose,
On demande à savoir la cause,
Et chacun raconte autre chose !
Bref, après un long plaidoyer,
Et dans un tumulte effroyable,
Tout se dénoue à l'amiable,
On finit par se tutoyer !

Le spectateur reprend haleine
Tandis qu'on baisse le rideau,
Sur le trottoir il se promène
Emmitouflé dans son manteau.
« Demandez la belle Valence ! »
Glapit-on.avec pétulance ;
Et pourtant votre cœur balance,
Car vous avez perçu l'écho
Des sons argentins de la cloche,
Qui toujours annoncent l'approche
De l'humble marchand de coco.

A tout instant la foule augmente ;
Les bas côtés sont trop étroits,

Il faut bien suivre la tourmente,
D'en sortir on n'a plus le choix.
Si d'un bijoutier la boutique
Vient, par hasard, frapper l'optique,
Bon gré, mal gré, l'on vous contraint
A contempler l'orfèvrerie,
Les monceaux de bijouterie,
Et tous les trésors que décrie
Celui que le désir étreint.

Le tourbillon poursuit sa route,
Le flaneur isolé s'arcboute
Pour mieux remonter le courant ;
Soudain, le mascaret recule
On grince, on gémit, on bouscule.....
Qui peut résister au torrent?
Quel écueil arrête sa course ?
— On l'a nommé : Petite Bourse.
C'est là qu'un filou sans ressource
S'enrichit du soir au matin,
Là, qu'on achète à la pesée
Le cinq pour cent — Tripolitain.
Donc, si vous avez la pensée
De jeter l'or par la croisée,
Dans cet emprunt placez vos fonds!.....
Vous verrez les sergents de ville

Disperser un groupe indocile
En disant de leur voix tranquille :
« Circulons, messieurs, circulons. »

Front haut, et la mine insolente,
Jetant des regards effrontés,
A surgi la femme galante,
Ce forçat de nos voluptés !
De ci, de là, quelque vieux faune,
Poussé par son instinct paillard,
Admire d'un œil égrillard,
Sa tournure et son chignon jaune !
Mais en place de l'air vainqueur
Qu'affectait cet oiseau de proie,
Tout à coup, la fille de joie
Sourit à son amant de cœur,
Coiffé d'une casquette en soie......
Baissons les yeux, car le dégoût
D'un honnête homme envahit l'âme,
Lorsqu'on songe à l'amour infâme
De ces détritus de l'égout.

Le ciel est couvert de nuages ;
Je crois qu'il va tomber de l'eau ;
Il est temps de plier bagage,
Le pépin quitte son fourreau.

L'averse éclate..... Hélas! que faire!
Pas la moindre porte-cochère!
C'est l'heure où du théâtre on sort,
Et chacun court à son carrosse.
Le Parisien devient féroce
Et maudit le « coquin de sort »
Auquel il doit ce temps atroce
« Ventrebleu! Tonnerre et massacre! »
Si d'aventure il passe un fiacre,
Le cocher fait le simulacre
De s'arrêter; puis, quand il voit
Qu'on est tout près, le lâche avoue
Qu'il va dormir, et, par surcroît,
Si vous approchez de la roue,
Il file en vous couvrant de boue
Et vous appelle un maladroit!

L'orage est devenu déluge.....
Comment s'échapper, où courir?
Et pas le plus petit refuge,
Il faut patauger — ou mourir!
C'est vainement que je m'essuie;
Car tout exprès, le parapluie
Que pour ma fête on m'a donné,
Au premier vent s'est retourné!
Mais encore un espoir me reste :

J'entends rouler un omnibus,
Et m'apprête à lui courir sus ;
Au conducteur je fais un geste.....
Il m'aperçoit — bonheur céleste !
Enfin ! — Puis — un coup de sifflet.. ..
Un autre monte, et — c'est complet !

Tout gonflé d'eau comme une éponge,
Je vais, je viens, je cours, je plonge,
Clopin, clopant, tant mal que bien,
Plus sale et plus crotté qu'un chien,
J'arrive à dix pas de ma porte.....
Minuit vingt–cinq ! Satan m'emporte
Si son royaume est aussi noir !
On n'entend rien. — la ville est morte.....
Il pleut toujours, — ma foi, — bonsoir !

FIN.

TABLE

BIBLIOTHÈQUE NATIONALE — R. F. — IMPRIMÉS

Paris, Imp. SERINGE FRÈRES, 2, Place du Caire

Paris. Imp. SERINGE FRÈRES, 2.-Place du Caire

www.ingramcontent.com/pod-product-compliance
Ingram Content Group UK Ltd.
Pitfield, Milton Keynes, MK11 3LW, UK
UKHW021228140726
13695UKWH00002B/833